O livro
dos pequenos chupa-tintas

*Para Youyou,
conhecido como senhor Todo-Sorrisos...
É. S.*

O original desta obra foi publicado com o título
Le livre des petits buveurs d'encre
© 2011 Martins Editora Livraria Ltda., São Paulo, para a presente edição.
© 2010 Éditions Nathan, Paris, França.

Publisher	*Evandro Mendonça Martins Fontes*
Coordenação editorial	*Vanessa Faleck*
Produção editorial	*Danielle Benfica*
Preparação	*Denise Roberti Camargo*
Revisão	*Paula Passarelli*
	Denis Cesar da Silva

Dados Internacionais de Catalogação na Publicação (CIP)
(Câmara Brasileira do Livro, SP, Brasil)

Sanvoisin, Éric
 O livro dos pequenos chupa-tintas / Éric Sanvoisin ; ilustrações de Olivier Latyk ; tradução de Maria Alice Araripe de Sampaio Doria. – São Paulo : Martins Fontes – selo Martins, 2011.

Título original: Le livre des petits buveurs d'encre.
ISBN 978-85-8063-030-5

1. Literatura infantojuvenil I. Latyk, Olivier. II. Título.

11-08382 CDD-028.5

Índices para catálogo sistemático:
1. Literatura infantil 028.5
2. Literatura infantojuvenil 028.5

Todos os direitos desta edição para o Brasil reservados à
Martins Editora Livraria Ltda.
Av. Dr. Arnaldo, 2076
01255-000 São Paulo SP Brasil
Tel.: (11) 3116.0000
info@martinseditora.com.br
www.martinsmartinsfontes.com.br

Éric Sanvoisin

O livro dos pequenos chupa-tintas

Ilustrações de Olivier Latyk
Tradução de Maria Alice Araripe de Sampaio Doria

martins fontes
selo martins

um

O aniversário de Carmilla

— Happy Birthday to you...

Carmilla apagou de uma vez só todas as velas espetadas na capa de um enorme livro de aniversário. Ela fazia oito anos. Toda a família estava reunida a sua volta para a ocasião: Vlad, seu pai, Sylvania, sua mãe, Draculivro, seu tio, e eu, Odilon, seu namorado. Todos nós somos chupa-tintas. Nós nos alimentamos com as histórias impressas nos livrinhos. Aspiramos as letras, as palavras, as frases e os parágrafos. Chupamos a tinta até dos números das páginas. Com um canudinho!

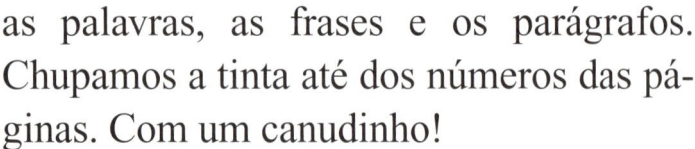

E, no aniversário de Carmilla, iríamos chupar a tinta de um livro grosso que tinha quase novecentas páginas!

Mas eu não estava com muita fome. Não ia conseguir engolir nenhuma palavra, meu estômago não aceitava. Eu não sabia por quê.

No entanto, aquele era um momento maravilhoso. Carmilla estava com as faces cor-de-rosa de prazer. Os seus olhos brilhavam intensamente. Ela vivia um dia importante. Todas as pessoas que a amavam haviam lhe dado um presente. Ela os estava abrindo. Suas mãos nervosas rasgavam as embalagens coloridas. Eu devia estar feliz, mas não estava.

E, enquanto a minha namorada brincava e ria com os parentes, eu me afastei para me refugiar num canto escuro. Era um belo dia de primavera. Mas, na minha cabeça, as folhas de outono caíam e estava chovendo. Acontece que eu achava que sabia por quê. O dia do meu aniversário estava se aproximando. E meus pais não estariam presentes.

Quanto à minha mãe, ela não tinha culpa, pois havia morrido. Aconteceu pouco depois de eu conhecer Carmilla, antes de eu me mudar para a cidade dos chupa-tintas.

E meu pai... estava longe. Estava muito longe. Ele não me amava mais. Eu o havia decepcionado.

Por isso, eu me sentia menos sozinho no escuro. E não queria mais crescer...

dois
Uma criança abandonada

E̲u̲ ̲e̲s̲t̲a̲v̲a̲ ̲m̲e̲r̲g̲u̲l̲h̲a̲d̲o̲ nos meus pensamentos sombrios. Não ouvi a pequena chupa-tintas do meu coração se aproximar.
– Qual é o problema, Odilon?
Eu não disse nada. Não estava com vontade de responder.
– Você sabe que me deixa triste...
Carmilla poderia me recriminar por ficar de cara feia no dia do seu aniversário, mas

eu vi muito bem que ela estava preocupada comigo. E, como eu não queria estragar a sua festa, falei baixinho o que estava sentindo.

– Tenho a impressão de que sou uma criança adotada.

Ela compreendeu na mesma hora o que eu queria dizer.

– Sente saudades do seu pai?

Concordei com a cabeça.

– Talvez esteja na hora de fazer as pazes com ele, Odilon.

– Mas é ele quem não quer mais me ver! Nossa briga ocorreu quando Draculivro entrou na minha vida e na livraria da família. Intrigado com o seu estranho comportamento, eu o segui até o cemitério, onde ele me mordeu. Foi assim que me tornei um chupa-tintas. Meu pai nunca aceitou a minha transformação. Na opinião dele, os livrinhos são objetos sagrados. Ele os trata com carinho e os protege. Para ele, chupar a tinta de um livro é um crime. Eu era um assassino de livrinhos.

Meu pai descobriu o meu segredo antes da morte da mamãe. Ele não o suportou e me expulsou de casa. Graças ao amor de Carmilla e a amizade de Draculivro, eu não sofri tanto com a separação. Mas, agora, eu me arrependia de não ter dito ao meu pai que precisava muito dele. E eu tinha a certeza de que ele me detestava...

— Se eu for até lá, ele é capaz de me entregar para a polícia!

— Ele nunca faria uma coisa dessas, Odilon! Você é filho dele! Ele só tem você.

— A mim... e aos livrinhos.

Carmilla me deu um beijo na têmpora e cochichou no meu ouvido:

— Vale a pena tentar, não?

Ela tinha razão, é claro. Nós nos reunimos aos outros parentes, que quase tinham acabado de chupar a tinta do livro de aniversário da minha namorada.

— Deixem um pouco para o Odilon! Ele ainda nem provou.

Aspirei algumas palavras para fingir que havia recuperado o apetite. Depois ajudei minha namorada a abrir os últimos presentes.

três

O livrinho

Carmilla insistiu em me acompanhar. A presença dela me tranquilizava. Sozinho, eu não teria coragem de ir até lá.

A livraria do meu pai ficava no centro da cidade. Era uma loja estreita, mas funda.

Ao chegar diante da fachada, tive um choque. Nada, ou quase nada, havia mudado. O letreiro estava apenas um pouco mais apagado e a pintura da fachada começava a descascar. Uma pequena pintura não seria nada mau.

Avancei até a entrada e fiquei paralisado, com a mão na maçaneta. Meu coração tamborilava no peito. Um desejo forte de dar o fora me tentava. Carmilla me empurrou. Eu me vi do lado de dentro da porta envidraçada. No interior, tudo também estava do mesmo jeito: o mesmo assoalho, as mesmas prateleiras de madeira. Só os livros haviam mudado.

Meu pai se aproximou e perguntou o que queríamos. Eu estava com a boca seca, as palavras presas na garganta. Tossi para disfarçar o meu embaraço. Eu não queria que Carmilla falasse no meu lugar. Ela esperou que eu estivesse pronto para falar.

– Sou eu, Odilon.

Meu pai ergueu uma sobrancelha interrogativa.
– Não conheço ninguém com esse nome.
Senti um tremor me atravessar.
– Mas eu sou seu filho!
– Deve estar enganado, menino. Eu não tenho filhos. Com licença, tenho de trabalhar.
Ele se afastou e nos deixou plantados lá.
Eu estava perplexo.
Carmilla resolveu tentar a sorte.
– Moço! Nós procuramos um livro que talvez o senhor tenha. O título é: *O chupa-erros de ortografia*.
Meu pai voltou atrás.
– Tem certeza do título? Ele não me diz nada.
– É um livro para crianças.
– Sinto muito, de verdade. Eu já tive uma seção de literatura infantojuvenil. Porém, não tenho mais desde...

Ele se virou para mim e o seu olhar me atravessou como se eu fosse transparente.
– ... que meu filho morreu.
Eu saí da livraria correndo.

quatro

Solte-me, quero ver o meu filho!

C ARMILLA ME ALCANÇOU na rua e me deu um abraço bem forte. Não pude conter as lágrimas.

– Está vendo? Eu tinha razão: ele me detesta.

– Claro que não! Ele o ama, mas continua zangado com você. Sabe, eu o observei bem. As mãos dele tremiam quando falou com você. Tenho certeza de que está arrependido do que disse. Ele é prisioneiro da própria raiva.

Imaginei que a raiva do meu pai assumia a personalidade de um índio guerreiro, com um machadinho de guerra na mão. Cantando muito alto, ele dançava em volta de um totem ao qual meu pai estava amarrado. O prisioneiro suplicava que o libertasse. Ele não parava de repetir: "Solte-me,

quero ver meu filho...". O índio fingia não ouvir e continuava a sua dança da morte.

– É bondade sua tentar elevar o meu moral, Carmilla, mas acho que está tudo perdido. Nunca mais vou querer vê-lo. É doloroso demais!

Minha namorada parou na minha frente e me impediu de fugir.

– Há pouco, seu pai disse que não tinha filhos. Nós vamos provar que ele está errado e que você existe.

– Mas, como? Você viu a reação dele. Ele não quer mais me ver!

– Confie em mim, Odilon. Eu também briguei com os meus pais. É por isso que eu morava com o tio Draculivro quando nos conhecemos. Mas lembre-se de que, quando eu fiquei doente[1], Vlad e Sylvania

---

1 Ver o livro da série Draculivro intitulado *A pequena chupa-cores*, editora Martins Fontes – selo Martins.

esqueceram tudo e me receberam como se nada tivesse acontecido.

– Você quer que eu também fique doente?

– Não, seu burro! Nós vamos acabar com a raiva do seu pai.

De novo, imaginei o índio guerreiro executando a dança da morte em volta do prisioneiro. Um caubói chegava por trás com uma espingarda e o derrubava com uma coronhada; em seguida, soltava a corda que amarrava os punhos do meu pai. Mas tudo isso era pura invenção, que só existia na minha cabeça, como uma história num livro. O que eu queria era mudar a realidade.

– Não vejo como.

– Confie em mim. Tenho uma ideia.

Como eu não tinha nada a perder, decidi seguir o plano de Carmilla. Ela estava tão segura que fiquei curioso.

– E qual é a sua ideia?

cinco

Um livro a mais

A O VOLTAR PARA CASA, Carmilla e eu chupamos juntos a tinta de um livro. Nós havíamos aperfeiçoado o nosso canudinho para dois para que nossos rostos ficassem colados. Assim, eu tinha a impressão de sentir o gosto das frases absorvidas por Carmilla. Era delicioso.

Quando todas as páginas haviam ficado brancas, escrevi uma história intitulada: *O pequeno chupa-tintas órfão*.

Ela contava a feliz reconciliação entre um pai e o seu filho. Carmilla fez as ilustrações. Quando tudo estava pronto, voltamos à livraria do meu pai.

Aproveitando que ele arrumava uns livros no fundo da loja, pusemos o nosso livro bem em evidência em cima de uma pilha de lançamentos. E, depois, nos enfiamos no esconderijo que me permitia, quando eu era pequeno, observar os clientes da livraria sem que eles soubessem.

Nós esperamos.

Meu pai continuou o seu trabalho sem notar nada. Deu alguns conselhos de leitura a pessoas indecisas e vendeu alguns livros. O telefone tocou três vezes. A tarde parecia durar uma eternidade. Carmilla e eu sentíamos cãibras, apertados como sardinha em lata no nosso pequeno reduto. Eu quase desisti de vez, mas a minha namorada me olhou feio. Eu fiquei no meu lugar, reclamando.

Quando, finalmente, a noite caiu, meu pai fechou a loja. E foi na hora de apagar a luz que percebeu o nosso livro. Ele ficou intrigado. Aproximou-se com cuidado, como se o livrinho pudesse mordê-lo. Estendeu a mão hesitante para pegá-lo e o examinou de todos os lados antes de abri-lo e folheá-lo.

Meus olhos estavam pregados nele. Estava impaciente para saber como iria reagir e, ao mesmo tempo, estava com medo de ficar decepcionado.

Diferentes expressões se estamparam no seu rosto: surpresa, contrariedade, alegria, melancolia, tristeza.

Quando acabou de ler o livro, ele chorou. Seria um bom sinal? Talvez sim. Talvez não. Como saber?

Desisti de aparecer de repente gritando "oiê!". Sem dúvida, não seria uma boa surpresa, e eu estava com medo de que ele me rejeitasse como da última vez.

Ele deixou o livro no mesmo lugar de onde o havia pego e subiu para o apartamento no andar de cima.

Carmilla e eu passamos a noite na livraria. Apesar da fome, não bebemos nenhum livro do meu pai. E não foi por falta de vontade.

– Será que ele vai me amar de novo?

Um leve ronco foi só o que consegui como resposta. A pequena chupa-tintas do meu coração havia adormecido.

seis

Volta à Draculândia

QUANDO VOLTAMOS para a cidade dos chupa-tintas, Draculivro nos esperava, furioso.

– Mas onde vocês se meteram? Nós ficamos roxos de preocupação!

Em vez de mentir, Carmilla explicou tudo. Ele se acalmou rapidamente.

– Ter um pai livreiro que vigia os seus livrinhos como o leite no fogo não é fácil, reconheço. No entanto, da próxima vez que forem acampar numa livraria, avisem-nos antes...

— Nós juramos, titio — prometemos, envergonhados.

— Está bem. Para me recuperar de todas as emoções, vou degustar alguns errinhos de ortografia. Vocês vêm comigo, crianças?

Eu queria muito responder que sim, mas alguma coisa me fez mudar de opinião. Ou melhor, alguém. Eu havia percebido ao longe um vulto familiar...

Um estranho havia entrado na nossa cidade e perambulava pelas alamedas sem falar com ninguém. Ele não flutuava a dez centímetros do chão, e seus dentes não se pareciam com penas pontiagudas de caneta-tinteiro. Mesmo assim, eu logo o reconheci.

Quando me viu, ele parou. Parecia perdido.

– Você conhece aquele homem, Odilon? – perguntou Draculivro.

– É o meu livreiro... isto é, meu pai!

– Bom. Vamos deixá-lo sozinho.

Carmilla me deu um beijo no rosto antes de acompanhar o tio. Eu mal reparei na saída deles.

Eu me aproximei do visitante, que não ousava dar nem mais um passo.

– Bom dia, papai.

– Bom dia, Odilon.

– Como me encontrou?

– Fiz como no livro que você escreveu para mim. Segui um gato preto com olhos amendoados. Ele me trouxe até aqui.

– Esse gato de tinta preta é a nossa mascote. Ele se chama Mata-Borrão.

– Nome esquisito para um gato.

– Toque na língua dele e vai compreender.

Meu pai sorriu.

– Então, é aqui que você mora?

– É. Venha, vou levá-lo para conhecer Draculândia, a cidade dos chupa-tintas. Acha que vai gostar?

– Ainda não sei. Ela parece um cemitério, só que um pouco mais vivo.

– É bem menos tranquila do que a sua livraria.

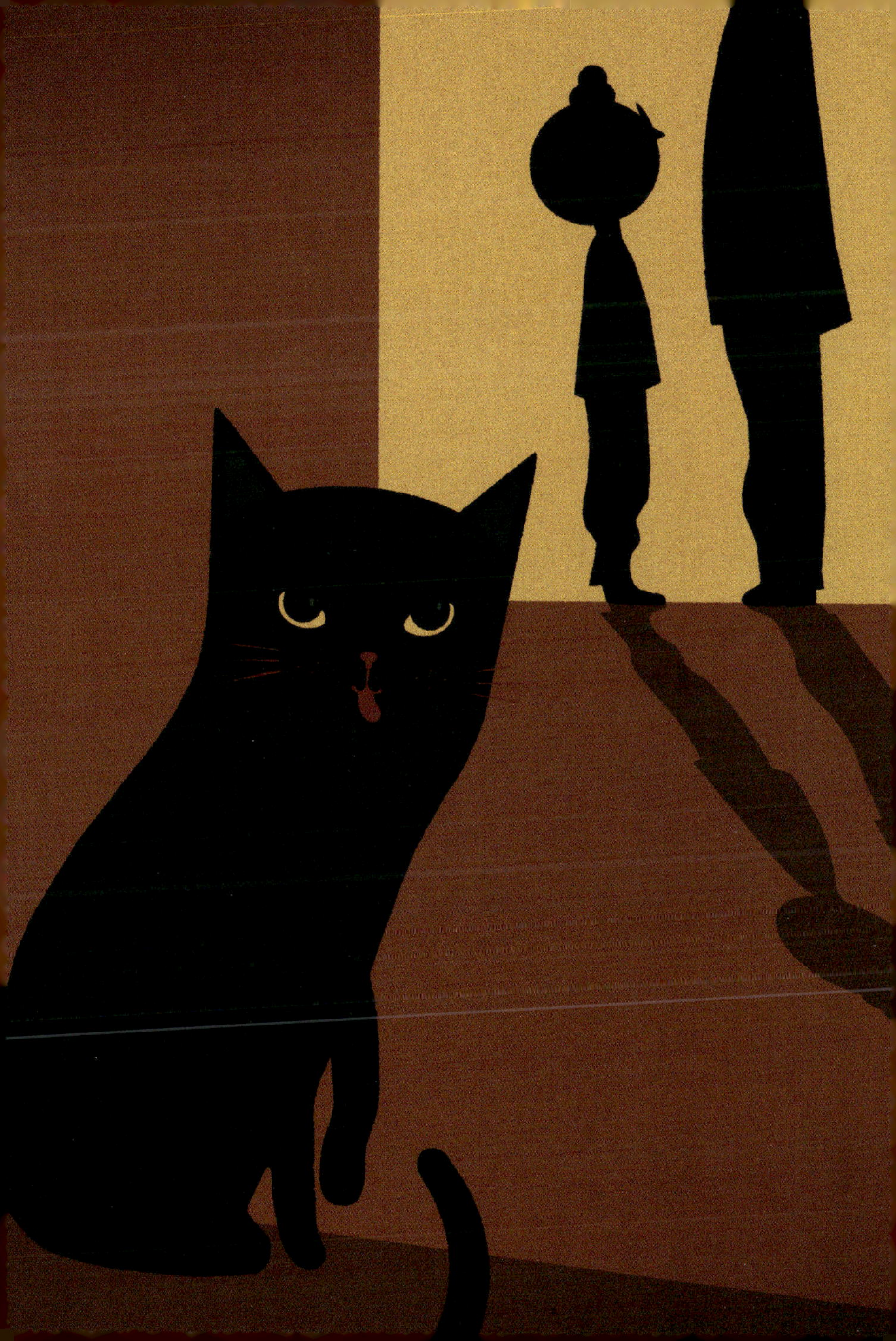

– Minha livraria não é tão tranquila assim. Uns malandrinhos se escondem lá para passar a noite! Sem contar os ladrões e os seus amigos chupa-livros...

Ele estava um pouco nervoso. Seus dedos se agitavam como os tentáculos de um polvo. Passamos em frente ao bar que Draculivro havia batizado de AOS MIL E UNS ERRUS. Não nos demoramos por ali. Eu sabia que o meu pai tinha horror aos erros de ortografia.

– Um livro chupado não é um livro morto, papai – tentei explicar. – Ele nos alimenta e continua a viver em nós por muito tempo. Quando termino uma história sobre um extraterrestre que invade a Terra, sou essa criatura vinda de outro mundo. E isso dura até o livro seguinte...

– Pode ser. Mesmo assim, o livrinho que você vampirizou nunca mais será lido por ninguém...

– Não tenha tanta certeza... Podemos usar as páginas em branco para criar outro livro, pessoal, único.

Era o momento da verdade. Se ele se zangasse, estaria tudo perdido.

– É verdade. Desta vez você tem razão. E eu compreendi isso graças a você. A sua história é linda. Pode dizer a sua amiga que ela desenha muito bem. Gostei muito das cores que ela usou.

Meu pai abriu os braços. Eu corri para ele.

– Senti saudades suas, Odilon. Eu sou um velho idiota. Os livrinhos são importantes para mim, mas não são toda a minha vida. A morte da sua mãe me deixou enlouquecido. Não liguei muito para você.

Ele me apertou mais, como se quisesse provar a si mesmo que eu estava ali, agarrado a ele.

– Estou feliz por, finalmente, ter reencontrado você, meu filho...

Eu estava embriagado de felicidade. Mas não encontrei palavras para dizer isso a ele. Não havia nenhuma que fosse forte o bastante.

– Não sou mais órfão, papai...

Uma gota de chuva caiu no meu cabelo. Chovia dos olhos do meu pai.

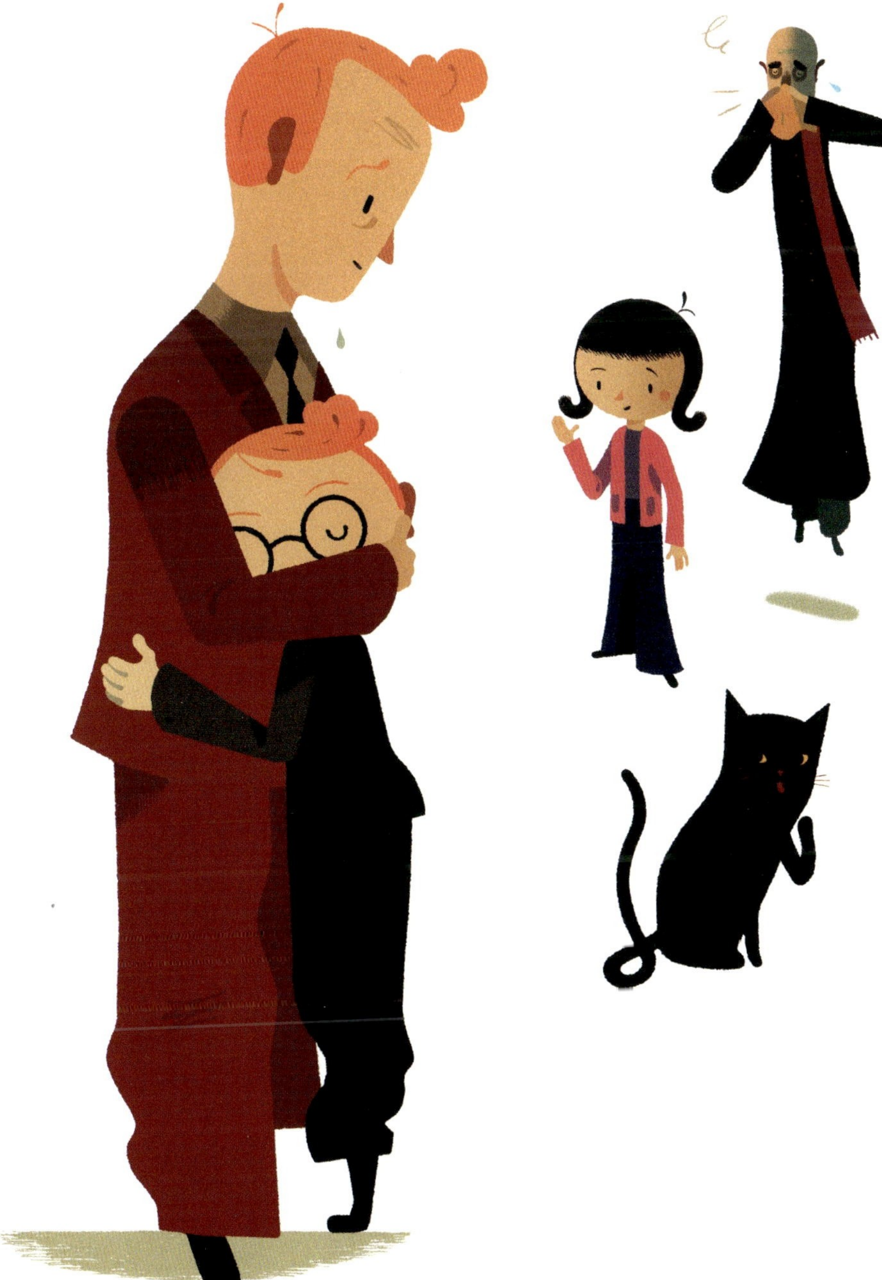

Sumário

um
O aniversário de Carmilla 5

dois
Uma criança abandonada 9

três
O livrinho 15

quatro
Solte-me, quero ver o meu filho! 21

cinco
Um livro a mais 27

seis
Volta à Draculândia 33

Éric Sanvoisin

Éric Sanvoisin é um autor estranho: ele adora chupar tinta de livrinhos com canudo. Por isso, teve a ideia de escrever as histórias de Draculivro, Odilon e Carmilla... Ele acredita que quem ler este livro se tornará seu irmão de tinta, assim como existem os irmãos de sangue. Se quiser saber mais, acesse o blog:
<sanvoisin.over-blog.com>.

Olivier Latyk

Nosso ilustrador pede desculpas, mas está totalmente impossibilitado de escrever sua biografia. Perseguido por um vampiro contrariado, ele se escondeu no Alasca com quatro guarda-costas (que também são seus amigos). Segundo as últimas notícias, ele continua criando imagens sem tremer muito.
Para ver suas ilustrações, acesse:
<olivierlatyk.com>.

1ª **edição** agosto de 2011 | **Diagramação** Casa de Ideias
Fonte Times | **Papel** Couché Fosco 115g | **Impressão e acabamento** Corprint